「您撥打給神的電話號碼是空號」

徐珮芬

徐珮芬

花蓮人。清華大學台文所碩士。曾獲林榮三文學獎、周夢蝶詩獎及國藝會創作補助等。2019 年美國佛蒙特工作室中心駐村藝術家。出版詩集《還是要有傢俱才能活得不悲傷》、《在黑洞中我看見自己的眼睛》、《我只擔心雨會不會一直下到明天早上》、《夜行性動物》，小說《晚安，糖果屋》。

目錄

輯一／當蘋果奔向弓箭

輯二／您撥打給神的電話號碼是空號

輯三／別人的房間

輯一／當蘋果奔向弓箭

有人

有人說
只要閉上眼睛
就能見到
自己的裡面

裡面有人
說只要閉上眼睛
就能見到自己

最後的道別

如果這是我寫給你的
最後一首詩，我希望詩裡有
黑雲、沙礫
陌生的門後
沾了陌生氣味的枕頭
那些令你恐懼的
會讓你走得更遠
更無所謂

我不再留給你任何線索
忘記我，以及我們討論過的旅行
當你在我的擁抱中
緩緩睜開雙眼
就明白沒有誰
給得起誰完美

忘記我吧
關於我的使用說明書
我藏好了
祝福你從此無知
從此幸運，從此
不再追究
相愛的意義

不需要到遠方
開始新的生活
不需要流著淚
清理房間
刻意整理頭髮
學習陌生的詞彙

只要你忘記我
就能比我快樂
比我富有

方舟

他捻熄了菸
問我：要不要坐上去
我說好，有沒有任何一艘船
可以載我去
沒有我的港灣

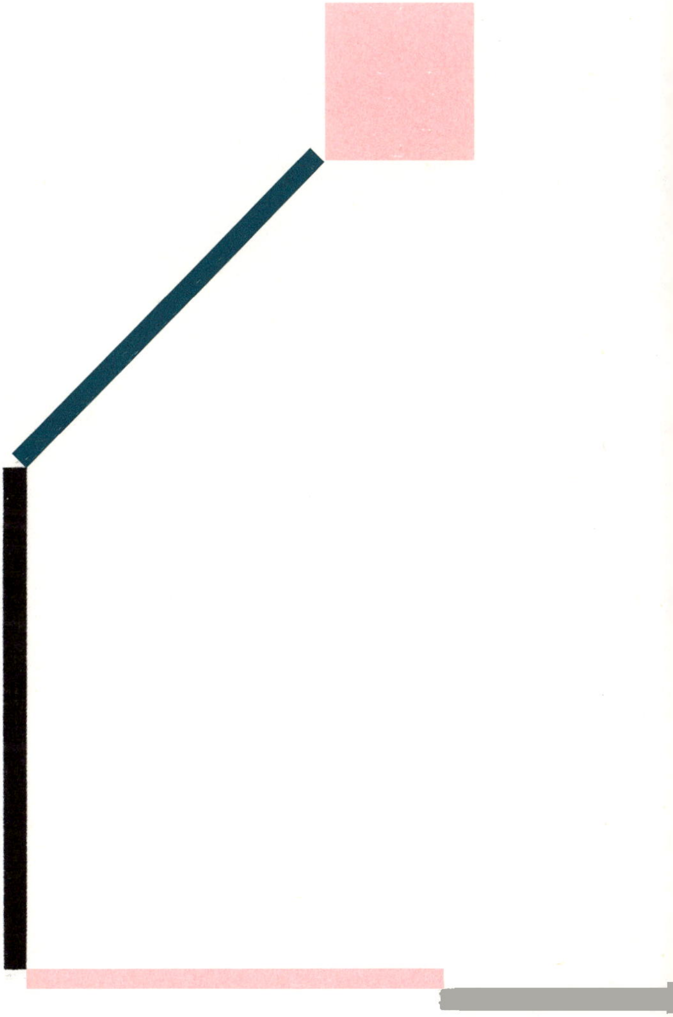

惡意

再微弱的光
也有源頭

蛻皮

你沒見過樹上的蟬殼
你不知道像我這樣的人
在夏夜裡不睡
只爲等待
無害的鬼魂

生命

不要愛我
陪我一起尋找
眞正的水源

賭徒

我還有一個籃子
等你把所有的雞蛋
都丟進來

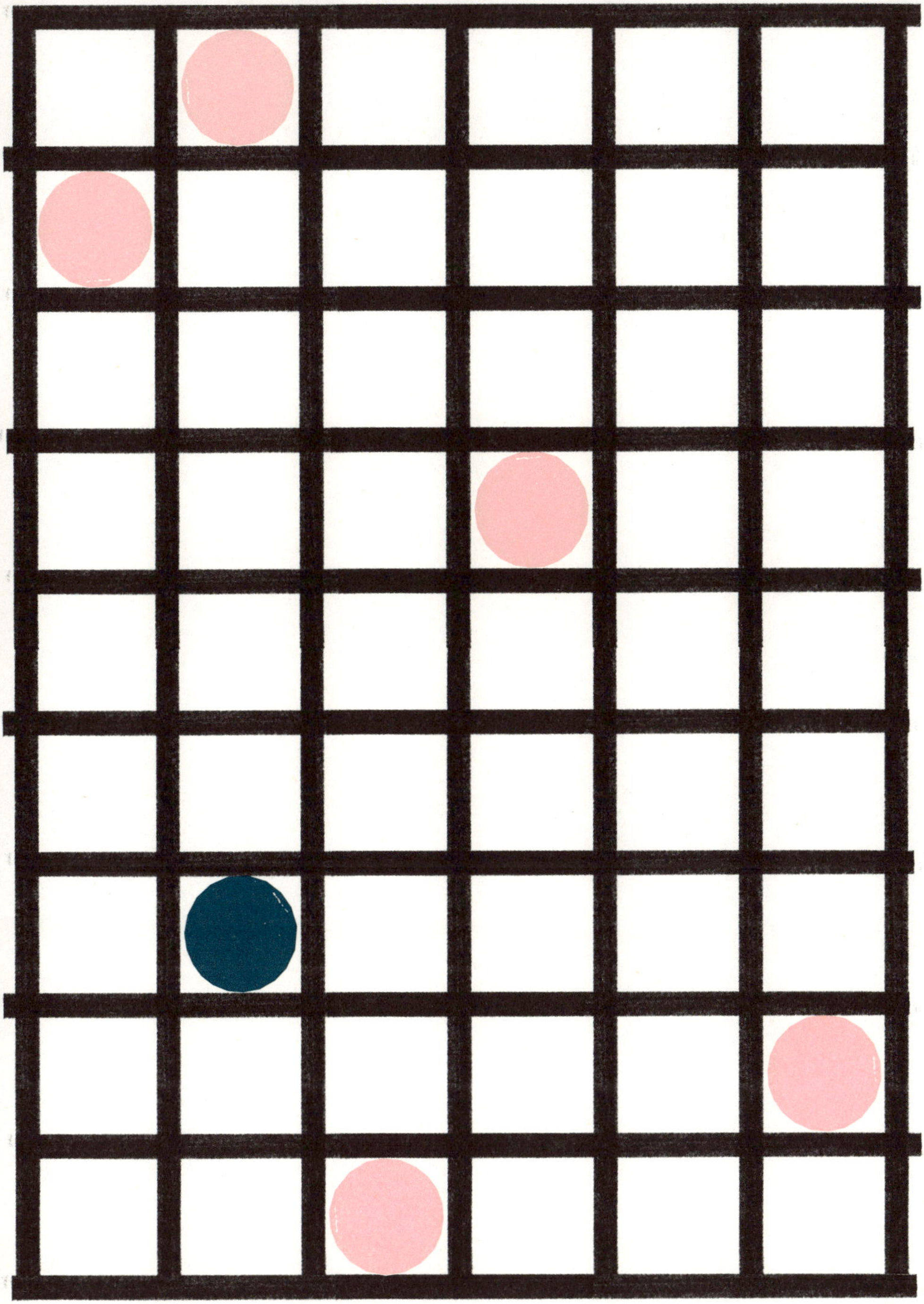

黑噪音

一隻失去角的鹿
站在你的夢裡
一個被識破的謊
在陽光中老去
一顆融化的糖果
還在你的掌心
一本潮濕的日記
沒有寫上姓名

我的房間
又下雨了
所有時鐘
變成灰色的
不懷好意的風衣
都是你留下的黑噪音

如果你相信
盡頭會有光
天黑以後
就把燈關上

手中最後一張鬼牌
還給那個
孤單的小孩

註：與原子邦妮合作的歌曲〈黑噪音〉歌詞，收錄於二〇二二年發行的專輯《無情怪物》。

甜蜜

你在床下找到一隻
紅色的襪子
你多希望另一隻
還沒被他發現

你們看早場電影
你刻意挑選一個
沒人死去的劇本

他哭得像個小孩
你討厭他浪費

朝聖

此刻開始
你只剩兩張鬼牌

你在教堂與教堂之間
遊蕩
帶上故障的懷錶
去問抱著瘸腳兔的
神，一個人
如何從一條線
變回零星的點

森林

最終你還是回到
第一個十字路口
斑馬線的另一端
站著背了吉他的少女

你不確定
她是否在哭泣
你見到她摘下
一頂白色的鴨舌帽
揉了揉眼睛

你捏捏自己的掌心
想起當初
少女給你獵槍
求你進入森林

星期日上午

她的愛人和她的貓
都在她的體內睡覺

但她沒有愛人
也沒有貓

有鬼

心裡有鬼
所以迷戀神
在翻到下一頁之前
流淚

在撒謊的瞬間
發自內心
愛著這個世界

盲目

你只夢見過
愛人的眼睛
他沒有看著的時候
你是一個好人

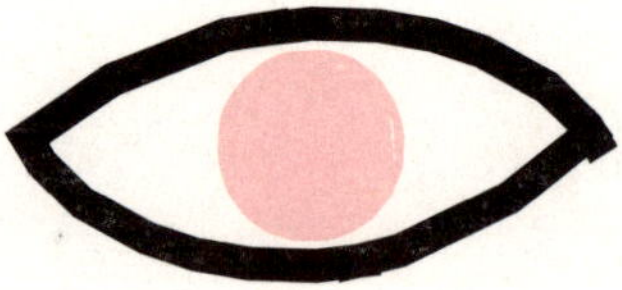

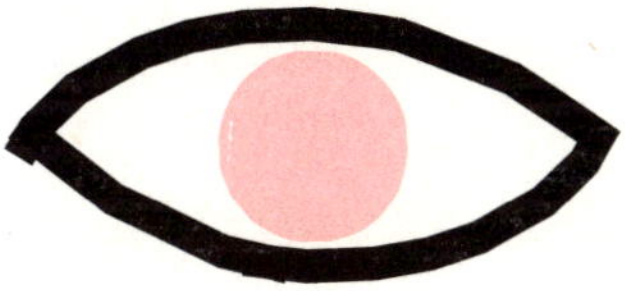

星期四下午

替不感興趣的盆栽取名字
放任盆栽在烈日下死
這類的想法
只在星期四下午
萌芽

如何對你解釋
那些流淚的我
和那些發自內心快樂的我
套著同一件毛衣
愛著同一個人
生著一樣的病

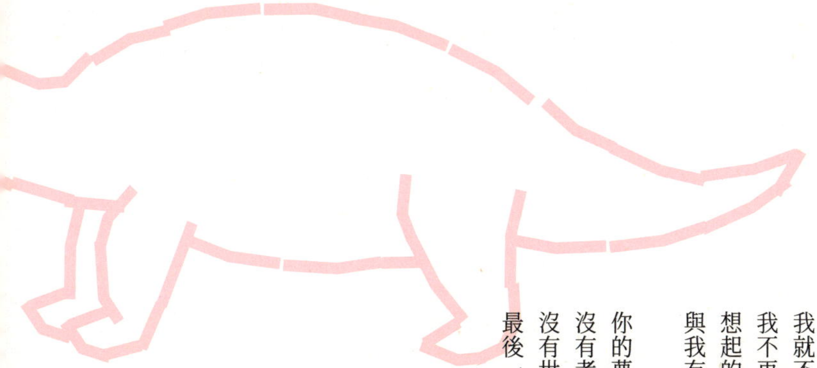

我決定不再回答你
關於夜晚的任何問題
天一黑
我就不說話
我不再期待你在星期四下午
想起的那些事
與我有關

你的夢裡沒有同學會
沒有考卷
沒有世界上
最後一隻恐龍

我不再回答你
關於生命意義的問題
星期四，有更多值得
去做的事：對一把
壞掉的吉他唱歌
一個人
逛動物園
排隊買巧克力冰淇淋
明知道最終一切都會融化
只想要被弄髒

魔鬼

一個人天黑
我就打開抽屜
把藥袋上的注意事項
一字一字
念給自己聽：
「請核對姓名
請勿操作器械
請放置在
孩童不易取得
的地方」

一個人天黑
我就對著鏡子告白
現在的我沒有祕密
還是睡得很差

捕獸夾上
總有斷腿的魔鬼
對我撒嬌
要我帶它回家

薄膜

死不需要語言
生也是

做了一場安靜的噩夢
沒有語言撫慰

活過一個漫長的白晝
眼底荒涼
滿腳泥濘

我和你一樣
等待一句話
接住所有夜晚

情話

我說我愛你的病
和你的若無其事

你若無其事說愛我
我知道
你只愛我的病

輯二／您撥打給神的電話號碼是空號

無關

身體是借來的
靈魂是借來的
愛是借來的

我把日子還給你
記憶還給你
你用過的那隻湯匙
那些令你疼痛的
沒有癒合的時間

交易

他的心是最可靠的載具
不用再三確認
每一個我愛過的人
都把發票存在
我的最裡面

你消費的時候拒絕點數
折扣、抽抽樂
我還能怎麼做
首獎是我的全部
附贈腐爛的夢境
枯萎的蘑菇
幾隻瘸腳的精靈
只要你願意買
這籃毒蘋果
也送給你

地圖

關掉地圖
仍學不會迷路

忘記是誰堅持要去的咖啡廳
後來獨自經過那扇落地窗
想起你和我
也會被困在裡面

絕對

愛是1
不愛是0

你的影子是安靜的0
有你在的地方
是1

天亮以後是1
夢是0
在夜裡發生的一切
都是0

開了燈是1
開燈的人是1

11001

泡沫

飛蛾停在
你喜歡的小說
那一頁
故事裡安靜的角色
因爲不願被愛
流著眼淚掏出
生鏽的打火機

我不能再這樣清醒著
後悔了，因爲愛你
而分心的夜晚
輸掉戰爭
沒有說出口的
也不會化成泡沫

愛意

你睡得很淺
我猜想你的夢中
有座廢墟
一面畫上半座
森林的牆
一條疲倦的老狗
一隻發霉的
油漆刷

你想要的東西
不在那裡面

你的嘴角乾淨
流冰困住鯨群
雨水擊落流星
正在許願的人
紛紛低頭找傘

不信的人
開始揉起眼睛

你夢中沉默的女孩
耳垂有洞，沒穿上環
你走向她
你知道你想要的東西
永遠不在夢裡

有人推門
夜裡總有
啜泣聲，從沙漏中傳出
如果重來一次
我還是會緊緊
抱住你

即使我想要的東西
不在你這裡

三月病

三月
相愛的人依然富有
摺一架紙飛機
飛一整個下午

三月
相愛的人不停揮霍
在清晨交換烙印
在雨季思考艱難
純粹的字眼
例如虧欠
例如誠實

三月，天氣和我們一樣
始終沒有好起來
我有一整袋發霉的種子
我仍相信森林

一個人生活

害怕一個人
生活，無法快轉的細節
刷牙、澆花
每隔幾分鐘
就得替靈魂倒水

害怕
和一個人生活
用請和謝謝
相互欺騙
對不起，我知道你也
沒有說謊
但我必須在一天結束前
揪出細節裡的魔鬼

輯三／別人的房間

搖籃

想放火
燒掉心裡
所有的暗房

想跳水
在踮起腳尖的瞬間
深切懊悔
從未認眞
與自己道別

在睡前
爬上最高的樓房
看日光把城市
一座座還給燈火

回到我們的家
回到時間
開始的地方

禮物

我把殘破的翅膀給你
一本用陌生語言編寫的字典
給你，裡面有愛
的不同發音
一雙穿過幾次的鞋
無可避免
踏過幾顆心
我把這些
都還給你

玩具

夢的轉角
有架發光的鋼琴
看不懂樂譜的人
才能擁有

咒語

我下了一個咒
要你永遠幸福

遊戲

你出剪刀
我也出剪刀
沒有人說話
天就不會亮

愧

大風吹
吹什麼
吹問心
有愧的人

你說愛過
不代表活過

記號

我知道你和我一樣
試圖打開過
夜晚的寶箱

我知道你和我一樣
發現裡面
什麼都有
海嘯、巧克力
漫長的雨季和壞掉的吹風機
你最愛的情歌
小時候，被玩伴拿走的萬花筒

有些東西你早就想不起來它們
到哪裡去了，有些
看過一眼
就丟不掉

我知道後來的事
你把盒子蓋上
和我一樣失望

最後的童話

相信有人在乎你手機裡
當初手心冒著汗
一邊偷錄的演唱會片段
跨年煙火，再好的視角
也有陌生的後腦勺
你努力踮高腳尖
再踮高，像那些人告訴過你的：
快樂的秘訣，就是一個人在鏡子前
對自己微笑

相信在世界的另一端
有一個安靜的靈魂
在你一無所知的城市中
和你一樣脆弱
和你一樣在乎
2024 年
你們還在聽

同一首歌

在我睡著以後
請你爲我
再講一個童話
故事裡的巫婆
屠夫和大野狼
都有家可返

那些壞人，也和我一樣
曾經努力整理
你夢裡的荒地
想種出藍玫瑰

殺手電影

多想一口咬下隔壁乘客
柔軟的耳垂

他在我回家的
長程班機上
一口氣看了三部
關於殺手的電影

觀看他的耳垂
就能引發尿意
他也知道一切
總能在我起身前
先摘下耳機：「請」

我說謝謝
螢幕上的殺手
正在扭斷
另一個人的脖子
他說：不客氣

我在他眼裡看到殺手
憐愛地撫摸屍體
他說：對不起
我一直都知道
有人和我一樣
其實很在乎你

善良

別讓我知道
過了那麼多年
你還緊緊握著
那枚善良的硬幣

正反面
你都相信

多餘的事

總是遲到的人
向我索求親吻

潔白的毛巾
想變回黑天鵝

在餐桌上跳舞
不去思考墜落

不去思考雨季
做一顆安分
守己的水滴

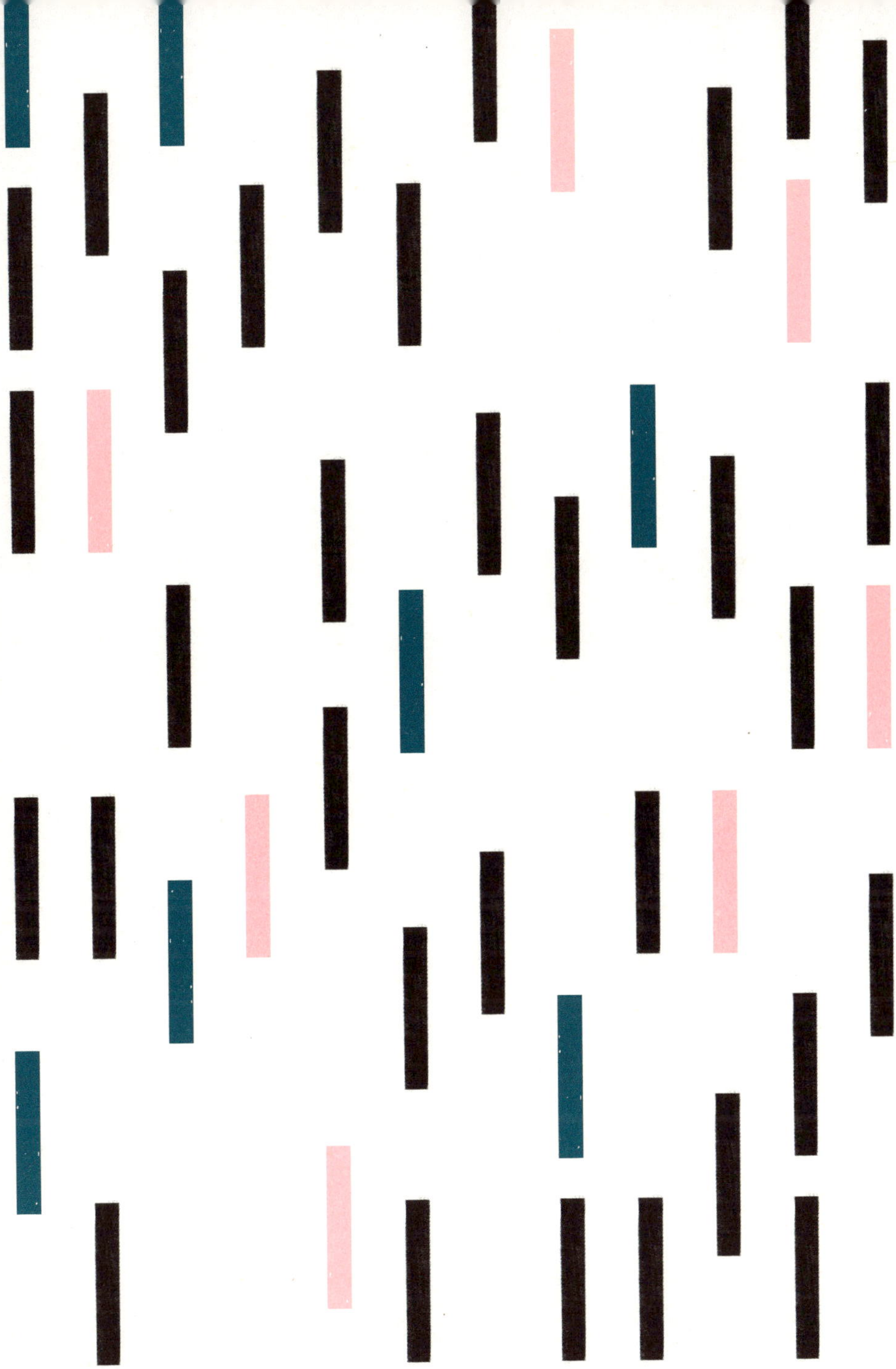

八月三十二日

鬼踢倒椅凳
變回了人

沒有心思的少年
躲在臥房裡算
最後一題數學

8+3+2

人工呼吸

我付我錢
羞辱我
嫌棄我
傷害我
的身體
再提醒我
要記得快樂
愛自己

於是我愛我
那個看顧我
的我，替我洗澡
吹乾我的每一根頭髮
哄我睡
幫我調鬧鐘

那個讓我生病
再陪我去看醫生
餵我吃藥
灌我水
的我，和我一起
咕嚕咕嚕
祝我
早日康復

我每替自己人工呼吸
一次，我就能多活
幾秒鐘

我如此努力
都是爲了
帶我離開這裡

富翁

到文具店
買一個小豬撲滿
把所有百憂解
從屁股塞進去

九月

不夠愛你
所以無法真正
離開你

回家

我要帶你回家
在荒野中的魔鬼
變回羔羊
臉紅的少年少女
摘下頭飾
之前

帶你回家
趁那些幫星星晚點名
被困在礁石上的海盜
有計可施
之前

帶你回記憶中
那座發光的小屋
趁房裡的無名之物
還不知道
對世界提出
痛苦的疑問

趁你發現
屋子的光
正在以緩慢的速度
消散之前

趁你明白
死神也是
神，之前

花火

夢裏
深愛的人都成了
縱火犯，一手抱著稻穗
微笑朝我走來

戀多眠

給我半天份的幻覺
讓我以爲能和他們一樣
活在陽光
空氣
和水的外面

倒數

她有斧頭
她沒有斧頭

他有斧頭
他沒有斧頭

我有斧頭
我沒有斧頭

你有斧頭
你沒有斧頭

美舒鬱

一百五十毫克
就能讓你感到富有
讓你想起
第一次去博物館
看著標本箱裡
發光的犄角
流下眼淚

輯四／馬拉斯奇諾櫻桃

再一下下就好

再讓我吃一顆馬拉斯奇諾櫻桃就好
配最後一口生乳酪蛋糕
再讓我看一眼
濃霧裡的尖塔
瀑布中的僧人
浪花拍打上高樓
窗裡人影擁吻

再讓我清洗
一張數萬人踩踏過的
老地毯
再給我幾秒鐘
讓我把影片上傳
再一次
讓我和我手中
捏緊的心
給所有人觀看

再讓我嫉妒一個
全然陌生的人
我甚至不需要知道姓名
再一次，讓我誤入一個
全然陌生的
抗爭現場

讓我選擇比較熱鬧的
那一邊

再讓我受一次傷
一次就好
讓我從此恐懼
夢想與自由
讓我在群眾的注視下
雙手摀臉
羞恥說出
與愛有關的句子

再讓我許
最後一個願望：
與我有關的人
從此
都能與我無關

您撥打給神的電話號碼是空號

二〇二四年十一月四日　初版第一刷

作者　徐珮芬
編輯　林聖修
插畫設計　018 at home
發行人　林聖修
出版　啟明出版事業股份有限公司
郵遞區號　一〇六四一五
地址　台北市敦化南路二段五十七號十二樓之一
電話　〇二二七〇八八三五一
總經銷　紅螞蟻圖書有限公司
法律顧問　北辰著作權事務所
ISBN　978-626-98979-2-6

定價標示於書衣封底。

國家圖書館出版品預行編目資料

您撥打給神的電話號碼是空號 / 徐珮芬作，初版
台北市：啟明出版事業股份有限公司，2024.10
面；公分
ISBN 978-626-98979-2-6（平裝）
863.51　　113014336

聽詩，請撥打免付費電話

0800-897-926